讀兒歌學中文

1

目次

第1篇　天氣篇

第2篇　家人篇

目次

目次

第1篇

天氣篇

風來了

風來了，
雨來了，
老和尚背了鼓來了。

風 ㄈㄥ fēng

♪空氣流動的現象。例：颱風。

♪景象。例：風光、風景。

♪事端。例：風波。

雨 ㄩˇ yǔ

♪空氣中的水蒸氣遇冷凝結而降落的小水滴。例：春雨、梅雨。

♪朋友。例：舊雨新知。

和 ㄏㄜˊ hé

♪出家修行的男子。例：和尚。

♪數目相加的結果。例：總和。

♪與、同。例：我和你。

♪溫暖。例：溫和。

尚 ㄕㄤˋ shàng

♪猶、還。例：尚未。

♪注重。例：崇尚。

風婆婆 1

風婆婆（ㄈㄥ ㄆㄛˊ ㄆㄛˊ），放風來（ㄈㄤˋ ㄈㄥ ㄌㄞˊ），
大風不來小風來（ㄉㄚˋ ㄈㄥ ㄅㄨˋ ㄌㄞˊ ㄒㄧㄠˇ ㄈㄥ ㄌㄞˊ），
大風颳得呼呼響（ㄉㄚˋ ㄈㄥ ㄍㄨㄚ ㄉㄜˊ ㄏㄨ ㄏㄨ ㄒㄧㄤˇ），
小風颳得怪涼快（ㄒㄧㄠˇ ㄈㄥ ㄍㄨㄚ ㄉㄜˊ ㄍㄨㄞˋ ㄌㄧㄤˊ ㄎㄨㄞˋ）。

婆 ㄆㄛˊ pó

♪年老的婦人。例：老太婆。

♪祖母輩。例：外婆、姑婆、姨婆。

♪丈夫的母親。例：婆婆、公婆。

放 ㄈㄤˋ fàng

♪開展。例：百花怒放。

♪擴大。例：放大。

大 ㄉㄚˋ dà

♪寬廣。例：廣大。（小的相反）

♪最年長的、排行第一的。例：大哥、大伯。

♪差不多、不很精確。例：大約、大概。

颳 ㄍㄨㄚ guā

♪風拼命的吹。例：颳風。

雲

雲望南，落滿田。
雲望北，曬壞屋。
雲望西，披簑衣。
雲望東，曬壞蔥。

雲 ㄩㄣˊ yún

♪水蒸氣遇冷，凝成細水滴，懸浮在空中的團狀物體。例：白雲。

♪比喻多。例：萬商雲集。

♪姓氏。

望 ㄨㄤˋ wàng

♪向遠處或高處看。例：眺望。

♪期盼，企求。例：希望。

♪拜訪、慰問。例：拜望、探望。

南 ㄋㄢˊ nán

♪方位名，北方的正對面。例：南方。

♪南邊的。例：南岸、南極。

♪姓氏。

北 ㄅㄟˇ běi

♪方位名，南方的正對面。例：北方。

♪在北方或從北來的。例：北風。

♪失敗、敗逃。例：敗北。

風婆婆 2

風婆婆，送風來，
打麻線，紮口袋，
紮不緊，颳倒井；
紮不住，颳倒樹；
紮不牢，颳倒橋。

打 ㄉㄚˇ dǎ

♪動手做事。例：敲打。

♪爭鬥。例：打架。

麻 ㄇㄚˊ má

♪一年生草本，其莖部的韌皮纖維長而堅韌，可供紡織用。例：大麻。

♪知覺喪失或變得遲鈍。例：麻醉、麻木。

♪繁多而瑣碎。例：麻煩。

線 ㄒㄧㄢˋ xiàn

♪紗或絲拈成的細縷。例：縫衣線。

♪交通路徑。例：航線。

♪邊緣、邊界。例：防線。

口 ㄎㄡˇ kǒu

♪嘴。例：張口、守口如瓶。

♪破裂的地方。例：傷口。

♪計算人數的單位。例：一家五口。

春雷動

春雷動，春雷響，
春雷下來農人忙。
早晨春雷忙採種，
中午春雷忙插秧，
晚上春雷把米藏。

春 ㄔㄨㄣ chūn

♪四季的第一季。例：春天。

♪年輕。例：青春。

雷 ㄌㄟˊ léi

♪大氣放電時，激盪空氣所發出的巨響。例：春雷、打雷。

♪能爆炸的武器。例：地雷。

♪姓。

人 ㄖㄣˊ rén

♪具有最高智慧的動物，為萬物之靈。例：人類。

♪每人。例：人手一本書。

♪某種類型、身分的人。例：軍人、主持人、介紹人。

忙 ㄇㄤˊ máng

♪事情很多。例：工作繁忙。

♪急迫。例：匆忙、不慌不忙、手忙腳亂。

♪做，急迫不停的做。例：忙些什麼？

早 ㄗㄠˇ zǎo

♪天剛亮的時候。例：大清早、從早到晚。

♪時間在前、先的。例：早期作品。

♪晨間的。例：早飯、早操。

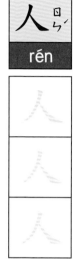

田家歌

四月八日晴，
魚兒上高坪，
十月雨連連，
高山也是田。

月 ㄩㄝˋ
yuè

月
月
月

♪月亮、月球。例：新月。
♪時間單位。例：一月。
♪圓形像月亮的。例：月餅。

日 ㄖˋ rì

♪白天，日出到日落的一段時間。例：日間、夜以繼日。

♪太陽。例：日月。

晴 ㄑㄧㄥˊ qíng

♪雨雪停止。例：天氣終於放晴了。

♪清朗無雲的天氣。例：陰晴。

♪晴朗的。例：晴天霹靂、晴空萬里。

魚 ㄩˊ yú

♪水生脊椎動物的總稱。有鰭、鱗，以鰓呼吸。例：魚類。

♪形狀像魚的動物。例：鯨魚、鱷魚。

高 ㄍㄠ gāo

♪上下距離遠的，或離地面遠的。例：山高水深。

♪超越一般水準的、等級在上的。例：高價、高手。

♪高的地方。例：居高臨下。

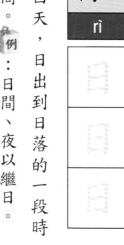

寒

正月寒死豬，
二月寒死牛，
三月寒死播田夫，
四月寒死查某仔，
五月寒死扒龍船夫。

寒 ㄏㄢˊ hán

♪冷。例：酷寒、天寒地凍。

♪窮困。例：貧寒。

死 ㄙˇ sǐ

♪喪失生命。例：死亡。

♪斷絕、放棄。例：死心。

豬 ㄓㄨ zhū

♪動物名。頭、耳大，眼小，四肢短小，鼻和嘴長，身體肥。例：山豬。

牛 ㄋㄧㄡˊ níu

♪動物名。體形碩壯，性情多溫馴而力氣大。依體型不同而有不同的用途。

♪固執、倔強。例：牛脾氣。

夫 ㄈㄨ fū

♪古代稱成年男子為「夫」。後泛指男子。例：壯夫。

♪從事某種勞動工作的人。例：農夫、漁夫、挑夫。

♪夫婿。例：姐夫、前夫、亡夫。

天烏烏 1

天烏烏，欲落雨，
老公仔舉鋤頭，
巡水路，
巡著鯽仔魚欲娶某。
龜舉燈，鱉打鼓，
蚊子吹喇叭，
水雞扛轎雙目突，
蜻蜓舉旗叫艱苦。

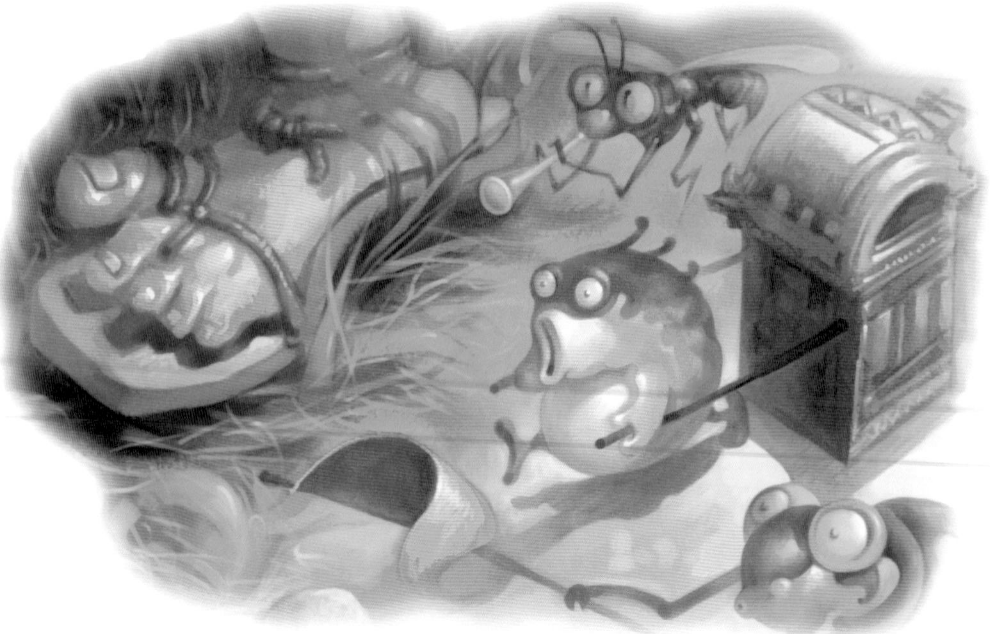

烏 ㄨ wū

♪黑色的。例：烏木、烏雲。

♪烏鴉的簡稱。例：月落烏啼霜滿天。

落 ㄌㄨㄛˋ lùo

♪下降、掉下。例：水落石出。

♪人所聚居的地方。例：村落、部落。

老 ㄌㄠˇ lǎo

♪年紀大的。例：老人。

巡 ㄒㄩㄣˊ xún

♪往來查看。例：巡視。

蚊 ㄨㄣˊ wēn

♪昆蟲名。能傳染瘧疾和登革熱。例：蚊子。

蜻 ㄑㄧㄥ qīng

♪昆蟲名。例：蜻蜓。

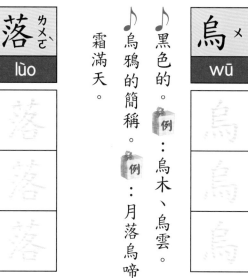

天烏烏 2

天烏烏，欲落雨，
老阿公，去掘芋，
老阿婆，去洗褲，
拾得紅鮘魚，
稱來二斤五。
阿公講要宰，
阿媽講做月愛。
阿公及一口菸，
阿媽生查甫孫。

月愛：女人生孩子的第一個月內，叫「坐月子」。臺語說月愛。

查甫孫：男孩。

公 ㄍㄨㄥ gōng

♪對年長或有地位者的尊稱。例：老公公。

♪雄性的。例：公雞。

去 ㄑㄩˋ qù

♪由此處到別處。與「來」相對。例：去學校、去公司。

♪死亡。例：去世。

洗 ㄒㄧˇ xǐ

♪用水去除汙垢。例：洗手。

紅 ㄏㄨㄥˊ hóng

♪像鮮血的顏色。例：鮮紅。

♪受人注目、受歡迎的。例：紅人、紅星。

斤 ㄐㄧㄣ jīn

♪量詞。例：一斤的橘子。

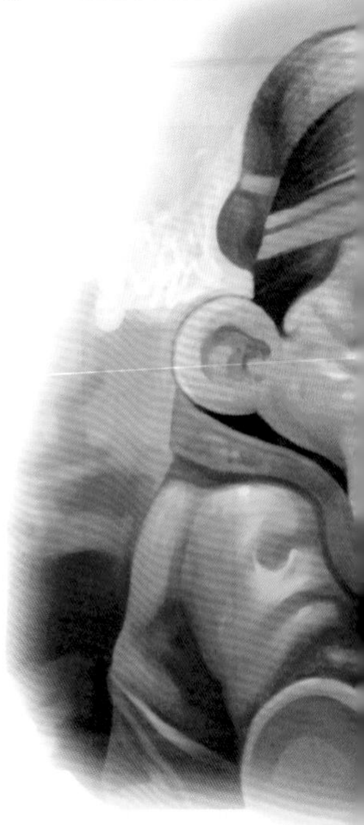

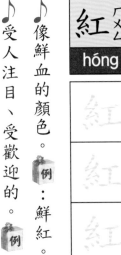

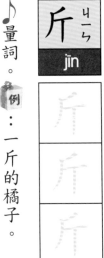

第2篇

家人篇

小弟弟 1

小弟弟，學哥哥，
哥哥行，他也行；
哥哥坐，他也坐；
哥哥讀書，他不會，
拉著喉嚨唱山歌！

弟 ㄉㄧˋ
dì

弟
弟
弟

♪同父母所生而比自己年幼的男子的稱呼。例：胞弟。

哥 ㄍㄜ gē

♪對兄長的稱謂。例：大哥。

♪對同輩中較年長的男子的稱呼。例：表哥、堂哥。

行 ㄒㄧㄥˊ xíng　行 ㄏㄤˊ háng

ㄒㄧㄥˊ

♪走、走路。例：前行。

♪流動、流通。例：發行。

ㄏㄤˊ

♪職業的類別。例：行業。

♪營業交易的機構。例：銀行。

也 ㄧㄝˇ yě

♪同樣。例：這件事我知道，你也知道。

♪表示強調。例：一點也不、再也不敢。

♪表示委婉、讓步。例：這樣也好、也只好如此了！

坐 ㄗㄨㄛˋ zuò

♪與「站」相對。例：坐著。

♪比喻平白的、不勞而獲的。例：坐享其成、坐收漁利。

♪搭乘。例：坐車、坐船。

小弟弟 2

小弟弟別生氣，
我吃豆腐你吃屁，
講來講去還是你有理。

生 ㄕㄥ shēng

♪發生、弄出。例：生病。

♪生物生命的開始。例：出生、誕生。

♪未經烹煮過的。例：生水。

♪不熟悉的。例：生人。

氣 ㄑㄧˋ qì

♪惱怒、憤怒。例：生氣。

♪自然界陰晴、冷暖等的現象。例：天氣、氣候、氣象。

吃 ㄔ chī 吃 ㄐㄧˊ jí

ㄔ

♪口中咀嚼食物後嚥下。例：吃飯、吃藥。

♪捱受、接納。例：吃驚。

ㄐㄧˊ

♪說話結巴困難的樣子。例：口吃。

豆 ㄉㄡˋ dòu

♪子實皆結莢，種子多無胚乳。種類甚多。供食用、藥用或觀賞等。例：黃豆、豌豆。

是 ㄕˋ shì

♪表示解釋。例：他是老師。

♪對的、正確的，與「非」相對。例：自以為是。

♪表示前後相關。例：於是。

待我好

媽媽待我好，
見我微微笑；
妹妹待我好，
見我面前跑；
黃狗待我好，
見我把尾搖。

好 ㄏㄠˇ hǎo

♪彼此親愛、友善。例：友好、交好。

♪美、善、完整的，與「壞」相對。例：美好、好人。

♪很、非常。表示程度深。例：好久、好冷、好面熟。

見 ㄐㄧㄢˋ jiàn

♪看到。例：眼見。

♪看法、主張。例：偏見。

♪表示逐漸的趨向、趨勢。例：日見好轉、日見興旺。

笑 ㄒㄧㄠˋ xiào

♪因欣喜而在臉上露出快樂表情。例：嬉笑、微笑。

♪致贈時，希望對方接受的敬辭。例：笑納。

♪譏笑、嘲笑。例：恥笑。

妹 ㄇㄟˋ mèi

♪同父母所生而比自己年幼的女子的稱呼。例：姊妹。

♪對同輩中較年幼的女子的稱呼。例：表妹、堂妹。

洗青菜

大姐洗青菜，
二姐鋪杯筷，
即刻就有酒來。

姐 ㄐㄧㄝˇ jiě

♪稱比自己先出生的同胞女子。

例：大姐、二姐。

♪稱同輩而比自己年長的女子。

例：表姐、學姐。

菜 ㄘㄞˋ cài

♪蔬類的總稱。例：菠菜。

♪食肴的總稱。例：川菜。

♪差勁、不出色。例：菜鳥。

菜 菜 菜

杯 ㄅㄟ bēi

♪一種盛液體的器具。例：高腳杯、玻璃杯。

♪量詞。計算杯裝物的單位。例：一杯水。

杯 杯 杯

筷 ㄎㄨㄞˋ kuài

♪夾取食物或其他東西的用具。例：竹筷、銀筷。

筷 筷 筷

即 ㄐㄧˊ jí

♪靠近、投向。例：若即若離。

♪當下。例：立即。

♪就是、便是。例：俯拾即是。

♪便、就。例：一發即中。

即 即 即

我爸燒鍋

我爸燒鍋，
我媽擀麵，
哥哥掃地，
弟弟拆灰。

爸 ㄅㄚˋ bà

♪子女對母親的稱呼，常疊用。

例：爸爸。

燒 ㄕㄠ shāo

燒 燒 燒

♪加熱使物體發生變化。例：燒飯、燒水。

♪人因病而體溫失常，發生高熱。例：發燒。

鍋 ㄍㄨㄛ guō

鍋 鍋 鍋

♪烹煮食物或加熱用的器具。例：飯鍋、鍋爐。

♪屬於鍋子的。例：鍋蓋。

掃 ㄙㄠˇ sǎo

掃 掃 掃

♪清除汙穢。例：灑掃庭院、打掃。

♪打消、敗壞。例：掃興。

♪掠過。例：用眼睛一掃。

地 ㄉㄧˋ dì

地 地 地

♪人類萬物棲息生長的場所。例：大地、天地。

♪場所。例：目的地。

♪區域。例：本地、殖民地。

舅舅

舅舅，
下鍋餾餾；
先吃饅頭，
後吃舅舅。

餾餾：蒸

舅 ㄐㄧㄡˋ
jìu

♪稱母親的兄弟。例：舅舅。

饅 ㄇㄢˊ mán

♪包子。例：饅頭。

頭 ㄊㄡˊ tóu

頭 ˙ㄊㄡ tou

ㄊㄡˊ

♪人或動物脖子以上的部分。例：人頭、牛頭。

♪量詞。計算牛、羊等牲畜的單位。例：一頭牛、三頭羊。

♪最前的。例：頭獎。

˙ㄊㄡ

♪人體或物體背面靠後面的部份。例：後頭。

後 ㄏㄡˋ hòu

♪時間較晚的、未來的。例：後天、前因後果。

♪遲、晚。例：先來後到、後來居上。

♪次序、位置近末尾的。例：後排、後半段、後門。

兄弟

太陽出來一點紅，
哥哥騎馬我騎龍，
哥哥騎馬上山去，
弟弟騎龍游水中，
哥哥弟弟真英雄。

兄 ㄒㄩㄥ xiōng

♪用以稱同胞先出生者。例：長兄如父。

♪朋友間相互的敬稱。例：仁兄、老兄。

太 ㄊㄞˋ tài

♪過甚。例：太多、太熱。

♪形容程度極高（多用於肯定）。例：太棒了！

出 ㄔㄨ chū

♪自內至外。例：足不出戶。

♪超越。例：出眾、出人頭地。

♪放在動詞之後，表示動作或效果逐漸完成。例：拿出。

山 ㄕㄢ shān

♪陸地上高起的部分。例：崇山峻嶺。

♪山中的。例：山村、山寨。

♪姓。例：晉代山濤。

老奶奶

老奶奶，真古怪，
睡在牙床不起來，
兒子打酒來，
孩子買肉來，
咕嚕咕嚕的爬起來，
一口又兩塊。

奶 ㄋㄞˇ
nǎi

♪爸爸的媽媽。例：奶奶。

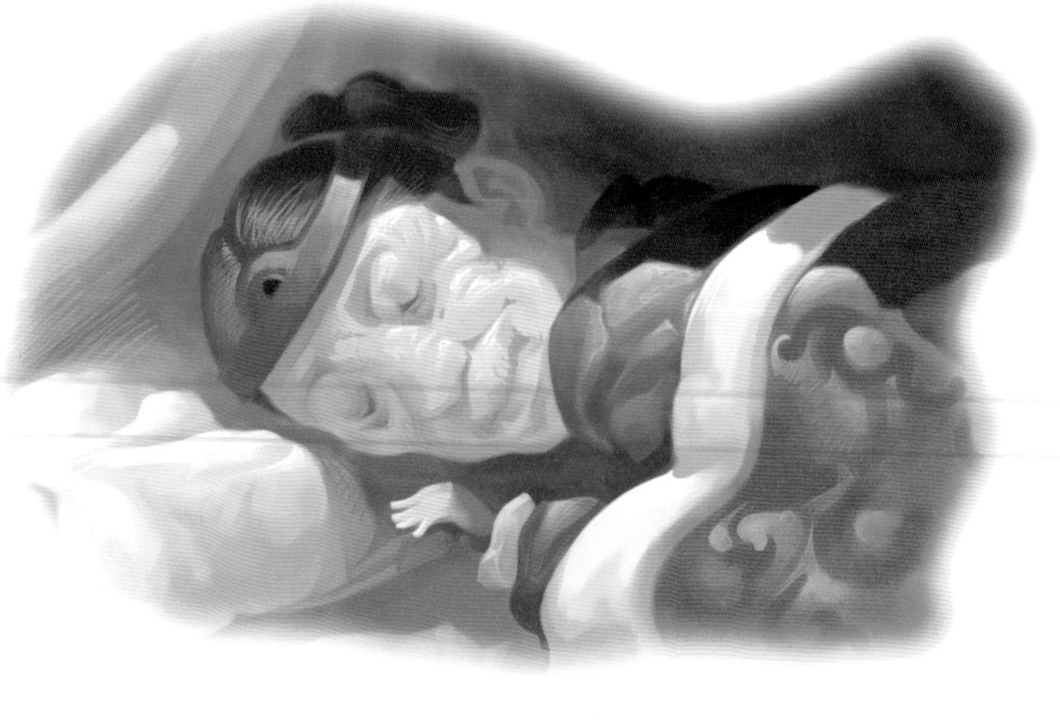

古 ㄍㄨˇ gǔ

♪過去的、舊的。例：古人。

♪過去久遠的時代。例：古今中外、自古以來。

在 ㄗㄞˋ zài

♪表示處所、位置。例：人生在世、他不在家。

♪表示動作正在進行。例：我在聽音樂、妹妹在唱歌。

♪存、存活。例：健在。

牙 ㄧㄚˊ yá

♪人或動物口腔中，用來咀嚼食物的器官。例：門牙、齒牙動搖。

♪古時買賣時居中的介紹人。例：牙人、牙商、牙行。

床 ㄔㄨㄤˊ chuáng

♪供人坐臥的器具。例：沙發床、床墊。

♪量詞。計算棉被、毛毯等的單位。例：一床棉被。

喜鵲兒

喜鵲兒，佳佳佳，
父親出門回來了。
我來倒茶，
姊姊快端水，
爹爹，喝茶罷，
洗臉罷。

喜 ㄒㄧˇ xǐ

♪高興的。例：欣喜、歡喜。

父 ㄈㄨˋ fù

♪子女對爸爸的稱呼。例：父親、家父、繼父。

門 ㄇㄣˊ mén

♪建築物或車、船等可以開關的出入口。例：房門、車門。

♪家族、門第。例：豪門。

♪類別。例：分門別類。

回 ㄏㄨㄟˊ húi

♪返、歸。例：回家、一去不回。

♪量詞：計算行為、動作的單位。相當於「次」。例：前後我共去找了他五回。

茶 ㄔㄚˊ chá

♪葉呈橢圓形或披針形。經焙製加工後成為茶葉，可製飲料。例：綠茶、泡茶。

妹妹

我的妹妹年紀小，
笑得真個好，
見了爸爸跳幾跳，
見了媽媽咪咪笑，
看見我來拍拍手，
咕哩咕嘍只是叫，
小的牙齒露出來，
可愛的樣子惹人笑。

的 ㄉㄜ˙ de

♪名詞的語尾，表示屬於誰的東西。例：他的、學校的。

紀 ㄐㄧˋ jì

♪年歲。例：年紀。

♪法度、準則。例：紀律。

真 ㄓㄣ zhēn

♪純正的、不虛假的。與「假」相對。例：真心誠意。

♪的確、實在。例：真棒。

個 ㄍㄜ˙ ge　個 ㄍㄜˋ gè

𝄞 ㄍㄜ˙

♪那個、一個等語詞中的音讀。例：這個人、那個地方。

𝄞 ㄍㄜˋ

♪單獨的。例：個人、個性。

跳 ㄊㄧㄠˋ tiào

♪以腳蹬地，使身體往上或向前的動作。例：跳躍、跳遠。

♪振動。例：心跳。

♪越過。例：跳行、跳級。

♪脫離、逃出。例：跳出。

三歲伢

三歲伢，會栽蔥，
栽蔥栽在河當中。
過渡的，莫伸手，
等蔥長大，
開花結石榴。

歲 ㄙㄨㄟˋ sùi

♪年齡。例：周歲、足歲。

♪時光。例：歲月。

河 ㄏㄜˊ hé

♪水道的通稱。例：河流。

♪成河川狀的群體。例：星河、銀河。

手 ㄕㄡˇ shǒu

♪人體的上肢。例：右手、手腦並用。

♪做事的人。例：助手、幫手、人手不足。

♪技能、本領。例：在運動方面，他真有一手。

長 ㄓㄤˇ zhǎng　長 ㄔㄤˊ cháng

ㄓㄤˇ

♪生長、發育。例：長大。

♪年紀大、輩分高的人。例：尊長、師長、兄長。

♪排行第一。例：長子。

ㄔㄤˊ

♪優點、長處。例：各有所長、截長補短。

♪專精、擅於。例：長於寫作。

♪空間、距離大；時間久遠。與「短」相對。例：長橋、長夜。

爹爹

小板凳，
你莫歪！
讓我爹爹坐下來，
我代爹爹搥搥背，
爹爹叫我乖寶寶；
我進爹爹一杯茶，
爹爹賞個玉蝦蟆！

板 ㄅㄢˇ bǎn

♪用木料做成的物品。例：木板、板凳。

♪呆滯不活潑。例：呆板。

莫 ㄇㄛˋ mò

♪表示不要。例：非請莫入。

♪不能。例：變化莫測。

歪 ㄨㄞ wāi

♪不正。例：歪頭、歪斜。

♪不正當的。例：歪主意。

搥 ㄔㄨㄟˊ chuí

♪敲打。同「捶」。例：搥背、搥胸頓足。

背 ㄅㄟˋ bèi

背 ㄅㄟ bēi

ㄅㄟˋ

♪胸部的後面，從後腰以上到頸下的部位。例：後背。

♪違反。例：背約、背信忘義。

♪運氣不好。例：手氣背。

ㄅㄟ

♪用背、肩膀來負荷、承擔。例：背負、背書包。

望娘

石榴開花葉兒青，
著雙花鞋望母親，
母親留我十個月，
哪個月裡不擔心？

娘 ㄋㄧㄤˊ niáng

♪稱謂。稱母親。例：爹娘。

♪妻子。例：娘子、老闆娘。

♪對長輩或已婚婦女的通稱。例：大娘、婆娘、姨娘。

石 ㄕˊ shí

♪由礦物集結而成的堅硬塊狀物。例：岩石、礦石。

葉 ㄧㄝˋ yè

♪植物的一部分。生於枝幹上，專營呼吸、蒸散等作用。例：綠葉。

♪量詞。例：一葉扁舟。

母 ㄇㄨˇ mǔ

♪對媽媽的稱呼。例：母親。

♪對女性長輩的尊稱。例：姑母、祖母、師母。

♪根源、根本。例：失敗為成功之母。

♪雌性的。例：母牛、母雞。

望外婆

搖搖搖，搖到外婆橋。
外婆娘娘真要好，
買個鯉魚燒，
頭不熟、尾巴焦；
刮起尾巴再燒燒，
外孫吃了快點搖。

搖 ㄧㄠˊ
yáo

♪擺動、晃動。例：搖晃。

外 ㄨㄞˋ wài

♪出嫁的姊妹、女兒家的親戚稱為「外」。例：外祖父。

♪不屬於某一定的範圍內均稱為「外」。例：門外、屋外。

♪非自己所在或所屬的。例：外幣、外地。

橋 ㄑㄧㄠˊ qiáo

♪架在河面上接通兩岸的建築物。例：吊橋、獨木橋。

♪建在市區交通要道上，像橋梁一樣的建築物。例：天橋。

要 ㄧㄠˋ yào　要 ㄧㄠ yāo

𝄞 ㄧㄠˋ

♪非常。例：要好。

♪關鍵、重點。例：摘要。

𝄞 ㄧㄠ

♪約定、約合。例：要約。

♪求取。例：要求。

巴 ㄅㄚ bā

♪附屬在物體下面、後面的東西。例：尾巴、下巴。

♪指因乾燥、溼稠凝結成塊的東西。例：鍋巴、泥巴。

三歲娃 1

三歲娃（ㄙㄢ ㄙㄨㄟˋ ㄨㄚˊ），會栽蔥（ㄏㄨㄟˋ ㄗㄞ ㄘㄨㄥ），

一栽栽到湖當中（ㄧ ㄗㄞ ㄗㄞ ㄉㄠˋ ㄏㄨˊ ㄉㄤ ㄓㄨㄥ）。

過路的莫伸手（ㄍㄨㄛˋ ㄌㄨˋ ㄉㄜ ㄇㄛˋ ㄕㄣ ㄕㄡˇ），

儘他開花結石榴（ㄐㄧㄣˋ ㄊㄚ ㄎㄞ ㄏㄨㄚ ㄐㄧㄝ ㄕˊ ㄌㄧㄡˊ），

石榴肚裡一壺酒（ㄕˊ ㄌㄧㄡˊ ㄉㄨˋ ㄌㄧˇ ㄧ ㄏㄨˊ ㄐㄧㄡˇ），

鄉裡大姐梳油頭（ㄒㄧㄤ ㄌㄧˇ ㄉㄚˋ ㄐㄧㄝˇ ㄕㄨ ㄧㄡˊ ㄊㄡˊ），

大姐梳的盤龍髻（ㄉㄚˋ ㄐㄧㄝˇ ㄕㄨ ㄉㄜ ㄆㄢˊ ㄌㄨㄥˊ ㄐㄧˋ），

二姐梳的走馬樓（ㄦˋ ㄐㄧㄝˇ ㄕㄨ ㄉㄜ ㄗㄡˇ ㄇㄚˇ ㄌㄡˊ），

三姐不會梳（ㄙㄢ ㄐㄧㄝˇ ㄅㄨˊ ㄏㄨㄟˋ ㄕㄨ），

一梳梳個獅子盤繡球，
一滾滾到黃鶴樓。

娃 ㄨㄚˊ wá

♪小孩。例：男娃、娃娃。

♪美女。例：嬌娃。

栽 ㄗㄞ zāi

♪種植。例：栽樹、栽花。

♪跌倒。例：栽跟頭。

♪安上。例：栽贓。

到 ㄉㄠˋ dào

♪往、去。例：到你家拜訪。

♪抵達、到達。例：到站。

湖 ㄏㄨˊ hú

♪被陸地包圍，匯集大水的地方。例：太湖、洞庭湖。

酒 ㄐㄧㄡˇ jiǔ

♪用米、麥或水果等發酵釀製而成，內含酒精的刺激性飲料。例：米酒、葡萄酒。

三歲娃 2

三歲娃，會栽蔥，
一栽栽到路當中。
過路的莫伸手，
儘他開花結石榴，
石榴肚裡一棵棵，
早晨開花細篷篷，
桃花開到二三月，
菊花開到九月終。
金橘子，賽芙蓉，

好花還是月月紅。

榴 ㄌㄧㄡˊ líu

♪植物名。高約二至三公尺，五月開紅色花。果實為球形，呈深黃色。

例：石榴。

晨 ㄔㄣˊ chén

♪早上太陽剛出來的時候。

例：清晨、一日之計在於晨。

細 ㄒㄧˋ xì

♪微小。

例：細沙、細鹽。

♪瑣碎、不重要。

例：細節。

桃 ㄊㄠˊ táo

♪植物名。葉橢圓而長，果實呈圓形。

例：水蜜桃。

菊 ㄐㄩˊ jú

♪植物名。葉有缺刻和鋸齒。秋季開花，花冠周圍為舌狀。

例：菊花。

第3篇

月亮篇

月娘娘

月娘娘！
月弟弟！
你是兄，
我是弟，
不可割吾囝仔雙旁耳。

可 ㄎㄜˇ kě

♪能夠。例：可以。

♪肯定、贊成。例：許可。

♪但是、可是。例：他雖然很醜，可是很溫柔。

割 ㄍㄜ gē

♪用刀切開。例：割傷。

♪分開、劃分。例：分割。

吾 ㄨˊ wú

♪我。例：吾愛吾家。

雙 ㄕㄨㄤ shuāng

♪量詞。計算成對物品的單位。例：一雙翅膀、兩雙筷子。

♪偶數的。例：雙數、雙號。

♪加倍的。例：雙薪、雙份。

旁 ㄆㄤˊ páng　旁 ㄅㄤˋ bàng

ㄆㄤˊ

♪側面的。例：旁邊。

♪別的、其他的。例：旁人。

ㄅㄤˋ

♪依靠、臨近。例：依山旁水。

月亮光

月亮光，照池塘。
騎竹馬，過黃塘。
黃塘水深不可渡，
拉豬渡。

亮 ㄌㄧㄤˋ liàng

♪明朗、光亮。例：明亮。

♪聲音響亮清澈。例：嘹亮。

♪顯露、展示。例：亮相。

照 ㄓㄠˋ zhào

♪投射、投映。例：照鏡子、照耀、陽光照在窗戶上。

♪比擬、依據。例：仿照、比照辦理、照本宣科。

♪看、顧。例：照顧、照應。

池 ㄔˊ chí

♪可儲存水的凹地。例：水池、游泳池。

♪低淺如池的平地。例：舞池。

竹 ㄓㄨˊ zhú

♪植物名。枝幹上有一節一節隆起的部分，節間部中空，細長作管狀，多半是綠色的。竹莖堅韌。例：竹筍、竹器。

♪簡冊。例：竹帛、竹簡。

深 ㄕㄣ shēn

♪從高到下，從表面到底部的距離很大。與「淺」相反。例：深海、深淵。

♪濃厚。例：一往情深。

♪很、非常。例：深得人緣。

大月亮 1

大月亮，小月亮，

哥哥（ㄍㄜ ㄍㄜ）起來（ㄑㄧˇ ㄌㄞˊ）做木匠（ㄗㄨㄛˋ ㄇㄨˋ ㄐㄧㄤˋ），

嫂嫂（ㄙㄠˇ ㄙㄠˇ）起來（ㄑㄧˇ ㄌㄞˊ）推糯米（ㄊㄨㄟ ㄋㄨㄛˋ ㄇㄧˇ），

婆婆（ㄆㄛˊ ㄆㄛˊ）起來（ㄑㄧˇ ㄌㄞˊ）打鞋底（ㄉㄚˇ ㄒㄧㄝˊ ㄉㄧˇ）。

起 ㄑㄧˇ qǐ

♪ 站立、坐起。例：起立。
♪ 始、開始。例：起筆。
♪ 建築、建立。例：白手起家。

木 ㄇㄨˋ mù

♪樹、木本植物的通稱。例：草木、樹木、花木扶疏。

♪用木材製成的。例：木屋。

♪性情樸實。例：剛毅木訥。

匠 ㄐㄧㄤˋ jiàng

♪泛稱各種技術的工人。例：木匠、鐵匠、工匠。

♪尊稱在某方面有特殊造詣的人。例：畫壇巨匠。

♪技藝靈巧、構思巧妙。例：匠心獨運。

推 ㄊㄨㄟ tūi

♪用力往前或往外移動物體。例：推車、推門。

♪擴充、擴展。例：推行。

♪選擇、荐舉。例：推選。

米 ㄇㄧˇ mǐ

♪去殼的穀實，今專指稻實。例：稻米、糯米、糙米。

♪成粒似米的東西。例：蝦米。

♪量詞。計算長度的單位。一米等於一公尺。例：百米。

月婆

月婆婆，月奶奶，
保佑爹，好買賣；
不賺多，不嫌少；
一天只賺三個大元寶。

保 ㄅㄠˇ bǎo

♪養護、守衛、不使受損。例：保護、保衛、保健。

♪承擔、負責。例：保險。

佑 ㄧㄡˋ yòu

♪扶助、保護。例：保佑。

買 ㄇㄞˇ mǎi

♪以金錢購進物產。例：買田、買書、買空賣空。

♪求取。例：買名、買寵。

賣 ㄇㄞˋ mài

♪出售貨物以換錢。例：賣貨、賣花。

♪背地害人以利己。例：賣國、賣友求榮。

♪炫耀、顯露。例：賣弄。

多 ㄉㄨㄛ duō

♪豐富、不少。例：多事。

♪經常。例：多讀、多寫。

♪過分、不必要。例：多疑。

♪非常。表程度高。例：多謝、好得多、快得多。

月亮光光 1

月亮光光，姊妹燒香，
燒到哪裡？燒到庵上，
庵上倒了，和尚跑了。

香 ㄒㄧㄤ
xiāng

香
香
香

♪用香料製成棒、線、球、餅的東西，可供拜祭鬼神或驅除蚊蟲。例：檀香、燒香。

♪芬芳美好的氣味。例：花香、書香、粉香。

哪 ㄋㄚˇ nǎ

♪表示疑問。例：「哪天？」、「哪裡人？」。

♪怎，表示反問。例：「哪知？」、「哪能？」。

庵 ㄢ ān

♪圓頂的草舍。例：草庵。

♪僧尼禮佛的小寺廟。例：尼姑庵。

倒 ㄉㄠˇ dǎo　倒 ㄉㄠˋ dào

ㄉㄠˇ

♪人或豎立的物體因本身或外來因素而橫躺下來。例：跌倒、臥倒。

♪垮臺、失敗。例：倒閉、倒臺。

ㄉㄠˋ

♪把物體或液體傾倒出來。例：倒茶水、倒垃圾。

♪向後退。例：倒車、倒退。

♪反過來、相反的。例：海水倒灌、倒掛金鉤。

月亮亮

月亮亮，
長一長，
狗咬綿羊，
瞎子看見，
瘸子趕上，
啞巴出來，
罵一個晚上。

綿 ㄇㄧㄢˊ mián

綿 綿 綿

♪連接，延續。例：綿長。

♪微小，薄弱。例：綿力。

瘸 ㄑㄩㄝˊ qué

瘸 瘸 瘸

♪腿和腳有毛病而不能行走。例：瘸腳。

啞 ㄧㄚˇ yǎ

啞 啞 啞

♪不能出聲說話的人。例：啞巴。

♪發聲枯竭。例：嗓子沙啞。

晚 ㄨㄢˇ wǎn

晚 晚 晚

♪夜間。例：晚間、昨晚。

♪遲。例：相見恨晚。

♪繼任的、後來的。例：晚娘。

賞月

月亮亮，月亮亮，
大家出來白相相。
白相相，白相相，
拾著一串小爆上。
乒乒乓，乒乒乓，
放通爆上看月亮。

爆上：爆竹。

賞 ㄕㄤˇ shǎng

♪欣賞、把玩。例：賞月、玩賞、雅俗共賞。

♪賜予或獎給的東西。例：懸賞、獎賞、賞賜、賞罰分明。

♪讚美、嘉許、宣揚。例：讚賞。

家 ㄐㄧㄚ jiā

♪眷屬共同生活的場所。例：家庭、回家。

♪對人謙稱自己的親長。例：家父、家母、家兄。

相 ㄒㄧㄤ xiāng　相 ㄒㄧㄤˋ xiàng

ㄒㄧㄤ

♪彼此、交互。例：互相。

ㄒㄧㄤˋ

♪容貌、外形。例：長相。

乒 ㄆㄧㄥ pīng

♪形容東西碰撞的聲音。例：乒乒乓乓。

乓 ㄆㄤ pāng

♪桌球的別名。例：乒乓球。

月老娘

月老娘，跟我走，
你打燒餅我賣酒，
你一鍾，我一鍾，
咱倆拜個乾弟兄。

跟 ㄍㄣ gēn

跟 跟 跟

♪和、與。例：我跟他一道去。

♪腳的後部。例：腳後跟。

♪鞋子的後部。例：鞋跟。

走 ㄗㄡˇ zǒu

♪步行。例：走路。

♪失去原來的形態。例：走味、走樣、走調。

♪洩漏。例：走漏、走光、走電。

餅 ㄅㄧㄥˇ bǐng

♪用米粉或麵粉做成扁圓形的食品。例：月餅、燒餅、蔥油餅。

♪扁圓形如餅的東西。例：柿餅、鐵餅。

鍾 ㄓㄨㄥ zhōng

♪盛酒的器具。例：一鍾酒。

♪積聚。例：一見鍾情。

♪姓。

拜 ㄅㄞˋ bài

♪朋友結盟為兄弟。例：拜把兄弟。

♪一種禮節行為。例：交拜、叩拜。

♪引申為祝賀的意思。例：拜壽。

大月亮 2

大月亮，小月亮，
月亮地下好燒香，
保佑爹，做公公；
保佑娘，做老娘；
保佑嫂，生好崽；
保佑哥，做文章。

嫂 ㄙㄠˇ sǎo

♪對哥哥的妻子的稱呼。例：兄嫂、大嫂。

♪對朋友之妻或一般婦女的敬稱。例：尊嫂、嫂夫人。

崽 ㄗㄞˇ zǎi

♪年幼的人。例：崽子。

♪幼小的動物。例：貓崽。

文 ㄨㄣˊ wén

♪文章。例：撰文、散文。

♪文字。例：中文、甲骨文。

♪溫和、優雅、不猛烈。例：文雅、斯文。

章 ㄓㄤ zhāng

♪成篇的文字。例：文章。

♪量詞。計算書、文等段落的單位。例：全書共分二十五章。

♪法規、條例。例：規章。

♪標識、標記。例：徽章。

月光光 1

月光光，秀才郎，
騎白馬，過南塘。
塘背種韭菜，
韭菜花，結親家，
親家門前一口塘，
養個鰱魚八尺長，
長的捉來煮酒吃，
短的捉來換姑娘。

秀 ㄒㄧㄡˋ xìu

♪演出、表演。例：做秀。

♪清麗、俊美。例：清秀。

♪優異、傑出。例：優秀。

才 ㄘㄞˊ cái

♪有才能、智慧的人。例：天才、英才、幹才。

♪方、始。例：剛才、方才。

郎 ㄌㄤˊ láng

♪對男子的美稱。例：周郎。

種 ㄓㄨㄥˋ zhòng

種 ㄓㄨㄥˇ zhǒng

ㄓㄨㄥˋ

♪把種子或秧苗的根埋在土裡，使其生長。例：種樹、種花、種植。

♪把疫苗注入人體內以預防疾病。例：種牛痘。

ㄓㄨㄥˇ

♪量詞。計算人或事物的類別的單位。例：兩種人、三種花色、各種情況。

♪事物的類別。例：兵種、種類。

♪生命的延續。例：絕種。

月亮 1

月亮彎著一只船，
梭羅樹，做桅杆；
太白金星船頭坐，
王母娘娘坐中艙，
八洞神仙把櫓搬，
雲裡走，雲裡彎，
好似天下採蓮船。

彎 ㄨㄢ wān

♪ 屈曲。例：彎腰駝背。

♪ 曲折、不直的。例：彎路。

船 ㄔㄨㄢˊ chuán

♪ 航行水上的主要交通工具。例：輪船、帆船、汽船。

杆 ㄍㄢ gān

♪ 長竿。例：旗杆。

♪ 用竹、鐵、石等製成的攔隔物。例：欄杆。

金 ㄐㄧㄣ jīn

♪ 化學元素。質地柔軟，延展性極大，可與銀、銅等合金製成貨幣、裝飾品、筆尖等。例：黃金。

♪ 錢。例：金額。

♪ 珍貴。例：金玉良言。

♪ 顏色澄黃。例：金黃色。

洞 ㄉㄨㄥˋ dòng

♪ 深穴。例：壁洞、山洞。

♪ 穿破的孔。例：破洞。

♪ 透澈、明白。例：洞悉。

月亮湯湯

月亮亮湯湯，
打發小哥下學堂。
學堂滿，下筆管。
筆管臭，下綠豆。
綠豆香，下青薑。
青薑辣，下寶塔。
寶塔高。
頂著王媽媽的腰。

湯 ㄊㄤ tāng

♪食物烹煮後所得的汁液。例：雞湯、高湯。

發 ㄈㄚ fā

♪送出、付出。例：發放。

♪開始、啟動。例：發動。

學 ㄒㄩㄝˊ xué

♪求學的地方。例：小學。

♪研習、學習。例：學技術。

♪模仿、仿效。例：學話。

堂 ㄊㄤˊ táng

♪專門用途的房屋。例：學堂、食堂、禮堂。

♪量詞。計算課程分節的單位。例：一堂課。

♪宏偉。例：富麗堂皇。

筆 ㄅㄧˇ bǐ

♪寫字、畫圖的用具。例：毛筆、蠟筆、水彩筆。

♪筆畫。例：起筆、筆順。

♪直的。例：筆挺、筆直。

月光光 2

月光光，星子光，
當梨熟，菊花香，
街裡來，抹粉香，
城隍廟，好燒香，
燒了香，壽年長，
百歲過，噹叮噹，
請人客，包檳榔，
做生日，娶新娘。

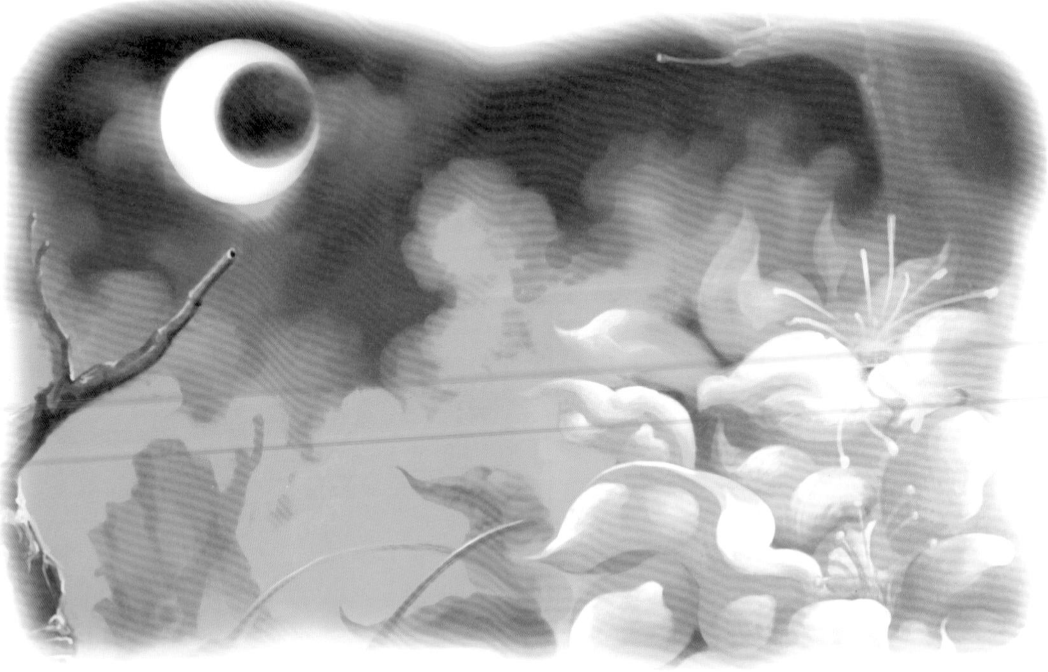

光 ㄍㄨㄤ guāng

♪明亮。例：光天化日。

♪景色。例：風光、觀光。

星 ㄒㄧㄥ xīng

♪宇宙中會發光或反射光的天體。例：恆星、行星。

♪比喻為人所崇拜或是某事的主要人物。例：明星、壽星。

子 ㄗˇ zǐ

子 ˙ㄗ zi

ㄗˇ

♪對一般人的通稱。例：小女子、無聊男子。

♪對男子的美稱，多指有學問、道德的人。例：孔子。

˙ㄗ

♪詞尾：(1)名詞。例：桌子。(2)接動詞。例：拍子。

梨 ㄌㄧˊ lí

♪植物名。果實呈球形，汁多，肉硬。例：水梨。

月亮 2

月亮月亮在天上，
日頭日頭在柳州，
柳州橋上打斑鳩，
人打橋上過，
水打橋底流，
東邊好白米，
西邊好芋頭。
三姐妹，來梳頭，
大姐梳出龍鳳髻，

二姐梳出鳳凰頭，
三姐不會梳，
梳出一個抱雞窩。

柳 ㄌㄧㄡˇ lǐu

♪植物名。樹枝細長，柔軟下垂。例：柳樹。

州 ㄓㄡ zhōu

♪行政區域劃分的名稱。例：蘇州、加州。

流 ㄌㄧㄡˊ líu

♪水移動。例：流向大海。

♪像水流的東西。例：氣流。

♪品類、等級。例：上流。

邊 ㄅㄧㄢ biān

♪兩旁、周圍。例：路邊。

♪一面。例：邊走邊吃。

月光光 3

月光光，曜光光，
娑婆街，洗衣裳。
衣裳洗得白白淨，
打發哥哥進學堂。
學堂滿，割蓮果，
蓮果遠，割竹葉，
竹葉開，開秀才，
秀才餓，吹牛角，
牛角尖，尖上天，

買把刀，切切菜，
菜又青，買一個燈。

街 ㄐㄧㄝ jiē

- 城鎮中兩旁有商店，且較為熱鬧的道路。也泛指一般馬路。例：街道、逛街。
- 某種行業集中的商業區。例：小吃街、家具街、電影街。

衣 ㄧ yī

- 人身上所穿，用來蔽體禦寒的東西。例：毛衣、睡衣。
- 包在物體外的東西。例：書衣、胞衣、糖衣藥丸。

裳 ˙ㄕㄤ shang

- 古代下身穿的衣服。即裙子，稱為「裳」。例：衣裳。

蓮 ㄌㄧㄢˊ lián

- 植物名。地下莖肥大而長，有節，即藕。葉大而圓，夏日開花，花大。例：蓮花。

月光光 4

月光光，照池塘。
年卅晚，摘檳榔；
檳榔香，摘子薑；
子薑辣，買葡達；
葡達苦，買豬肚；
豬肚肥，買牛皮；
牛皮薄，買菱角；
菱角尖，買馬鞭；
馬鞭長，買屋梁；
屋梁高，買張刀；
刀切菜，買籮蓋；
籮蓋圓，買隻船；
船漏底，
浸死兩個番鬼仔。

塘 ㄊㄤˊ táng

♪水池、池子。例：池塘。

♪堤岸，後來也用為地名。例：河塘、錢塘、瞿塘。

薑 ㄐㄧㄤ jiāng

♪植物名。葉長披針形，葉脈平行。穗狀花序，花冠脣形。地下莖肥大，呈不規則塊狀，色黃，味辛辣，可做蔬菜、調味料，並供藥用。經過乾燥處理後，可為芳香劑、興奮劑、驅風劑等。例：生薑。

辣 ㄌㄚˋ là

♪一種帶有刺激性、辛甚的味道。例：酸甜苦辣。

♪辛辣。例：很辣、麻辣。

♪狠毒。例：心狠手辣。

苦 ㄎㄨˇ kǔ

♪像黃蓮、膽汁的味道，與「甜」相反。例：苦茶。

♪難以忍受的境況。例：訴苦、吃苦耐勞。

月亮光光 2

月亮光光，騎馬燒香，
燒死羅大姐，
氣死豆孃孃。
孃孃腳，拐豆角；
豆角空，嫁齋公；
齋公矮，嫁螃蟹；
螃蟹過溝，踹死泥鰍；
泥鰍告狀，告著和尚；
和尚看經，看著觀音；

觀音挑水，遇著小鬼。

空 ㄎㄨㄥ kōng
空 ㄎㄨㄥˋ kòng

ㄎㄨㄥ

♪沒有東西的。例：空手。

♪徒然、白白的。例：空歡喜一場。

♪天、天際。例：晴空。

ㄎㄨㄥˋ

♪閒暇時間。例：沒空。

♪騰出。例：文章開頭須空兩格。

♪尚未利用的，或缺少東西的。例：空地。

挑 ㄊㄧㄠ tiāo
挑 ㄊㄧㄠˇ tiǎo

ㄊㄧㄠ

♪揀選。例：挑選、挑毛病。

♪用肩擔物。例：挑水。

ㄊㄧㄠˇ

♪搬弄、煽動。例：挑戰。

♪用長形或尖形器具撥動。例：挑火、挑燈夜讀。

第4篇

趣味人物篇

頭

大頭大頭，
下雨不愁，
你有雨傘，
我有大頭。

愁 ㄔㄡˊ chóu

♪憂傷的心緒。例：鄉愁。

♪憂慮、悲傷。例：愁苦、不愁吃穿。

♪憂傷的、慘淡的。例：愁眉苦臉、愁雲慘霧。

你 ㄋㄧˇ nǐ

♪指對方。例：你我他。

你、您二字皆是第二人稱，你用於平輩、晚輩或指對方；您則用於尊長。

傘 ㄙㄢˇ sǎn

♪遮蔽雨水或陽光的用具，可以任意張合。例：雨傘、洋傘。

♪形狀像傘的東西。例：降落傘。

我 ㄨㄛˇ wǒ

♪自稱。例：我們、自我肯定。

洋妮妮

洋妮妮，
穿花鞋，
先生先生莫打我，
我回去吃點汁汁來。

洋 ㄧㄤˊ yáng

♪廣大的海域。例：太平洋、大西洋。

♪外國的。例：洋人、洋酒。

汁 ㄓ zhī

♪含有某種成分的水分、液體。例：果汁、墨汁。

大腳大

大（ㄉㄚˋ）腳（ㄐㄧㄠˇ）大（ㄉㄚˋ），
大（ㄉㄚˋ）腳（ㄐㄧㄠˇ）大（ㄉㄚˋ），
陰（ㄧㄣ）天（ㄊㄧㄢ）下（ㄒㄧㄚˋ）雨（ㄩˇ）不（ㄅㄨˋ）害（ㄏㄞˋ）怕（ㄆㄚˋ）。
大（ㄉㄚˋ）腳（ㄐㄧㄠˇ）好（ㄏㄠˇ），
大（ㄉㄚˋ）腳（ㄐㄧㄠˇ）好（ㄏㄠˇ），
陰（ㄧㄣ）天（ㄊㄧㄢ）下（ㄒㄧㄚˋ）雨（ㄩˇ）摔（ㄕㄨㄞ）不（ㄅㄨˋ）倒（ㄉㄠˇ）。

害 ㄏㄞˋ hài

♪心中感到不安、不舒服。例：害怕、害羞。

♪災禍、破壞。例：災害。

♪無益的、不利的。例：害蟲、害處。

♪殺、傷。例：殺害。

怕 ㄆㄚˋ pà

♪因為危險或壓力的威脅，而感到軟弱、不悅。例：害怕。

♪擔心、疑慮。例：怕他遲到。

摔 ㄕㄨㄞ shuāi

♪跌倒。例：摔跤。

♪用力丟、扔。例：摔東西洩憤。

♪使掉落而受損。例：把碗給摔了。

噹噹噹

噹！噹！噹！
有個孩子要吃糖，
沒有給他買，
哇呀哇呀哭一場。

噹 ㄉㄤ dāng

♪形容撞擊金屬器物所發出的聲音。例：鐘聲噹噹的響。

有 ㄧㄡˇ yǒu

♪「無」的相反詞。例：有錢。

♪表示存在。例：還有。

♪豐足。例：富有。

糖 ㄊㄤˊ táng

♪由甘蔗、甜菜、米、麥等提煉製成的甜性物質。例：麥芽糖。

♪用糖製成的食品。例：花生糖、巧克力糖。

♪甜的。例：糖味、糖姐兒。

場 ㄔㄤˇ chǎng

♪寬廣平坦的空地。例：操場。

♪舞臺。例：好戲上場。

♪量詞。例：一場電影。

小小子

小小子（ㄒㄧㄠ ㄒㄧㄠ ˙ㄗ），上廟臺（ㄕㄤˋ ㄇㄧㄠˋ ㄊㄞˊ），
跌了個跤（ㄉㄧㄝ ˙ㄌㄜ ˙ㄍㄜ ㄐㄧㄠ），拾了個錢（ㄕˊ ˙ㄌㄜ ˙ㄍㄜ ㄑㄧㄢˊ），
又打油（ㄧㄡˋ ㄉㄚˇ ㄧㄡˊ），又買鹽（ㄧㄡˋ ㄇㄞˇ ㄧㄢˊ），
又娶媳婦又過年（ㄧㄡˋ ㄑㄩˇ ㄒㄧˊ ㄈㄨˋ ㄧㄡˋ ㄍㄨㄛˋ ㄋㄧㄢˊ）。

跤 ㄐㄧㄠ
jiāo

跤
跤
跤

♪ 筋斗、跟頭。 例：摔跤。

拾 ㄕˊ shí

♪撿取、拿起。例：拾金不昧、拾人牙慧。

♪收集、整理。例：收拾。

♪「十」的大寫。例：伍拾元整。

鹽 ㄧㄢˊ yán

♪一種無色透明、不易潮解的礦物質。可供調味及工業上使用。例：粗鹽、井鹽。

娶 ㄑㄩˇ qǔ

♪男子迎接女子過門成親。例：嫁娶、娶妻生子。

媳 ㄒㄧˊ xí

♪稱兒子的妻子。例：媳婦。

♪稱弟弟或晚輩的妻子。例：弟媳。

婦 ㄈㄨˋ fù

♪已嫁女子。例：媳婦。

♪妻。例：夫婦。

麻子麻

麻子麻精怪！
下河洗青菜，
青菜著水打，
麻子著鬼打。

精 ㄐㄧㄥ jīng

♪細緻、細密。例：精細。

♪心神、意志。例：聚精會神、精疲力竭。

♪經由提煉而得的純淨物質。例：酒精、香精。

怪 ㄍㄨㄞˋ guài

♪奇異、不尋常。例：怪異。

♪神話傳說中的妖魔。例：鬼怪、妖怪。

♪責備、埋怨。例：怪罪、責怪。

鬼 ㄍㄨㄟˇ gǔi

♪人死後的靈魂。例：鬼魂、鬼怪。

♪有某種嗜好、行為或癖性不好的人。例：酒鬼、賭鬼。

♪胡亂的、隨便的。例：鬼混、鬼畫符。

♪狡詐的、陰險的、不光明的。例：鬼主意、鬼計多端。

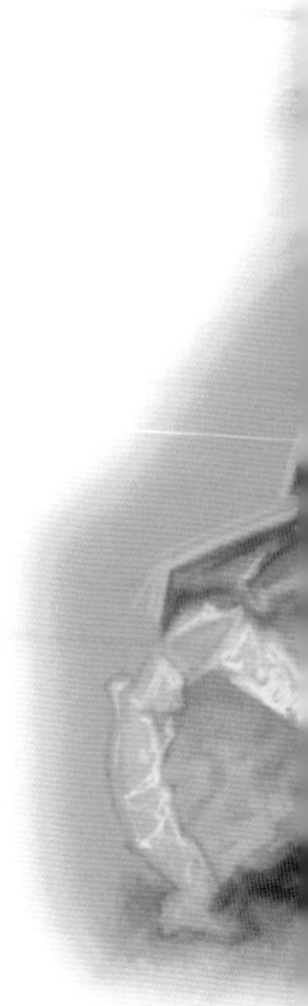

牽翁仔

牽（ㄑㄧㄢ）翁（ㄨㄥ）仔（ㄗˇ），
補（ㄅㄨˇ）雨（ㄩˇ）傘（ㄙㄢˇ）；
牽（ㄑㄧㄢ）豬（ㄓㄨ）哥（ㄍㄜ），
四（ㄙˋ）兩（ㄌㄧㄤˇ）半（ㄅㄢˋ）；
牽（ㄑㄧㄢ）新（ㄒㄧㄣ）娘（ㄋㄧㄤˊ），
出（ㄔㄨ）來（ㄌㄞˊ）看（ㄎㄢˋ）。

牽 ㄑㄧㄢ qiān

♪拉、挽、引領。例：牽動、順手牽羊。

♪連累、繫念。例：牽涉、牽掛。

翁 ㄨㄥ wēng

♪稱謂：(1)稱父親。例：吾翁、尊翁。(2)稱丈夫的父親。例：翁姑。(3)稱妻子的父親。例：翁婿。

♪對男性長者的稱呼。例：漁翁。

補 ㄅㄨˇ bǔ

♪將破裂、破損的地方修好。例：縫補。

♪添足所缺少的。例：補充、遞補。

♪助益、裨益。例：於事無補、不無小補。

龍眼干

龍眼干，
三兩半，
你點燈，
阮來看，
看什麼？
看新娘。

干 ㄍㄢ gān

♪盾牌。例：干戈。
♪觸犯、冒犯。例：干犯。
♪參預。例：干涉。
♪求取。例：干名。

阮 ㄖㄨㄢˇ ruǎn

♪台語的「我」的意思。例：阮家。
♪姓氏。

新 ㄒㄧㄣ xīn

♪剛開始的、剛出現的。例：新芽、新品種。
♪革除舊的而成為新的、好的。例：改過自新、日新又新。

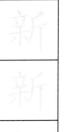

攙郎郎

攙（ㄔㄢ）郎（ㄌㄤˊ）郎（ㄌㄤˊ），

攙（ㄔㄢ）郎（ㄌㄤˊ）郎（ㄌㄤˊ），

芝（ㄓ）麻（ㄇㄚˊ）餅（ㄅㄧㄥˇ），

送（ㄙㄨㄥˋ）外（ㄨㄞˋ）甥（ㄕㄥ）；

外（ㄨㄞˋ）甥（ㄕㄥ）勿（ㄨˋ）要（ㄧㄠˋ）吃（ㄔ），

害（ㄏㄞˋ）了（ㄌㄜ）外（ㄨㄞˋ）婆（ㄆㄛˊ）哭（ㄎㄨ）一（ㄧ）場（ㄔㄤˊ）！

攙 ㄔㄢ chān

♪牽挽、扶持。例：攙扶、攙手。

♪雜入、混合。例：攙了水。

芝 ㄓ zhī

♪植物名。例：靈芝。

甥 ㄕㄥ shēng

♪稱謂。稱姐妹的孩子或對阿姨、舅舅的自稱。例：外甥、甥女。

小金姐

小金姐，騎金馬，
金馬不走金鞭打。
梧桐樹，金老鴰，
琉璃井裡金蝦蟆，
開開廟門金菩薩，
燒金鍋，燎金茶，
斟到碗裡冒金花。

鞭 ㄅㄧㄢ biān

♪用鞭子抽打。例：鞭打、鞭屍。

♪一種皮製的長軟器具，用來驅使牲口或打人。例：馬鞭、皮鞭。

♪成串的爆竹。例：鞭炮。

梧 ㄨˊ wú

♪植物名。例：梧桐樹。

♪形容體型高大壯碩。例：身材魁梧。

琉 ㄌㄧㄡˊ líu

♪青色的寶石。例：琉璃。

燎 ㄌㄧㄠˊ liáo

♪燃燒。例：星火燎原。

♪火把、火燭。例：燎炬。

斟 ㄓㄣ zhēn

♪注入、添加。例：斟酒。

♪審度、考慮。例：斟酌。

♪姓氏。

赤查某

赤查某，赤扒扒，
野火燒大伯，
大伯走上山，
點火燒乾官。

赤查某：兇惡的女人
乾官：諧音，公公之意

赤 ㄔˋ chì

♪紅色。例：面紅耳赤。

♪熱誠、忠誠。例：赤膽。

查 ㄔㄚˊ chá

♪考察、考核。例：調查。

♪翻閱、檢尋。例：查字典。

某 ㄇㄡˇ mǒu

♪對不指名的人、地或事物的代稱。例：某人、某地。

♪我，自稱之詞。例：張某。

扒 ㄆㄚˊ pá

♪抓、搔。例：扒癢。

♪偷竊。例：扒竊。

野 ㄧㄝˇ yě

♪郊外。例：野外。

♪廣平的地方。例：田野。

乾 ㄍㄢ gān

♪沒有水分或缺乏水分的。例：口乾舌燥。

♪竭盡、沒剩餘。例：乾杯。

花轎

花花轎，八人抬，
抬進府門來，
哥哥背我上花轎，
嫂嫂送我龍王廟。
扯紅旗，放大炮，
嗚嗚打打好熱鬧。

進 ㄐㄧㄣˋ jìn

♪由外入內。例：進門。

♪收入、買入。例：進貨。

旗 ㄑㄧˊ qí

♪繪有圖案可做為標幟、號令的布帛或紙等。例：國旗。

嗚 ㄨ wū

♪狀聲詞。形容悲嘆聲、汽笛聲、哭聲等。例：嗚呼、嗚嗚。

熱 ㄖㄜˋ rè

♪溫度高。例：熱水。

♪加熱，使溫度升高。例：把湯熱一下。

♪親切、情意深厚。例：熱心、熱情。

鬧 ㄋㄠˋ nào

♪喧嚷、嘈雜。例：鬧區、鬧哄哄。

♪發生、發作。例：鬧彆扭、鬧情緒。

♪擾亂。例：鬧場、鬧事。

豆角

張大嫂，李大嫂，
上南園，摘豆角，
雨下了，往家跑，
滿身衣服澆溼了，
地也下濕了，
鞋也拔掉了。

園 ㄩㄢˊ yuán

♪種植花木、蔬果的地方。例：果園。

♪供人遊覽、休憩的地方。例：公園、動物園。

♪帝王、后妃的墓地。例：園廟。

摘 ㄓㄞ zhāi

♪用手採取。例：摘花、摘取。

♪選取。例：摘錄。

♪指出、批評。例：指摘。

澆 ㄐㄧㄠ jiāo

♪液體由上往下淋灌。例：澆水、澆花。

溼 ㄕ shī

♪水分多、含有水分的。例：溼毛巾。

♪沾水、沾潤。例：溼透。

拔 ㄅㄚˊ bá

♪拉出、抽出。例：拔草。

♪選出。例：選拔。

請女婿

推推推！拔拔拔！
丈母娘看見女婿來，
勤勤競競剝豆瓣，
銀魚調肉炒豆瓣，
好醬油滾雞蛋；
黃花魚，白米飯，
好吃來！
吃得女婿心花開！

婿 ㄒㄩˋ xù

♪女兒的丈夫。例：女婿。

♪妻子對自己丈夫的稱呼。例：夫婿。

競 ㄐㄧㄥˋ jìng

♪比賽、爭逐。例：競爭。

瓣 ㄅㄢˋ bàn

♪花片。例：花瓣。

♪瓜果或球莖等，中有薄膜隔開的部分。例：橘瓣。

調 ㄉㄧㄠˋ tiáo

調 ㄊㄧㄠˊ diào

𝄞 ㄉㄧㄠˋ

♪派遣、安排。例：調兵遣將。

♪互換。例：調換。

♪樂律、韻律。例：音調。

𝄞 ㄊㄧㄠˊ

♪使和解。例：調解、協調。

♪混合、配合。例：調色、調味。

♪和暢、搭配得很合適。例：風調雨順。

山裏山

山裏山，灣裏灣，
蘿蔔開花結牡丹。
石榴姊姊做媒人，
媒人到，
十桌饅頭十桌糕，
胡桃荔枝做三朝，
哥哥看得呵呵笑，
舅母送到城隍廟。

牡 ㄇㄨˇ mǔ

♪雄性動物。例：牡牛、牡羊。

♪植物名。除供觀賞外，其根還可藥用。例：牡丹。

丹 ㄉㄢ dān

♪一種紅色的礦石，可以製成紅色顏料。例：丹砂。

♪傳統中醫指一種精煉配製的藥劑。例：仙丹、靈丹妙藥。

♪紅色的。例：丹楓、丹脣。

做 ㄗㄨㄛˋ zuò

♪成為。例：做人。

♪進行某事。例：做實驗。

♪製造。例：做衣服。

荔 ㄌㄧˋ lì

♪植物名。例：荔枝。

隍 ㄏㄨㄤˊ huáng

♪環繞在城牆外面的乾壕溝。例：城隍。

好鼻師・大舌頭

好鼻師，真厲害，
大舌頭，別亂來，
走到花園來比賽。
好鼻師說香香香，
大舌頭說讚讚讚，
兩人爭得好精采。

賽 ㄙㄞˋ sài

♪競爭、較量。例：競賽、賽跑。

♪超越、勝過、比得上。例：貌賽西施。

♪酬報神明。例：迎神賽會。

說 ㄕㄨㄛ shuō 說 ㄕㄨㄟˋ shuì

ㄕㄨㄛ

♪訴說、告訴。例：說話。

♪解釋。例：說明、說理。

♪責備。例：說了他一頓。

ㄕㄨㄟˋ

♪用言語勸人，使其聽從或採納。例：遊說。

環保小英雄

沙ㄕㄚ灘ㄊㄢ白ㄅㄞˊ，海ㄏㄞˇ水ㄕㄨㄟˇ藍ㄌㄢˊ，

乾ㄍㄢ乾ㄍㄢ淨ㄐㄧㄥˋ淨ㄐㄧㄥˋ，沒ㄇㄟˊ污ㄨ染ㄖㄢˇ。

環ㄏㄨㄢˊ境ㄐㄧㄥˋ保ㄅㄠˇ護ㄏㄨˋ，人ㄖㄣˊ人ㄖㄣˊ管ㄍㄨㄢˇ。

灘 ㄊㄢ tān

灘	灘	灘

♪ 水邊的沙土地。 例：沙灘。

♪ 水淺多石而急流的地方。 例
∶黃牛灘。

淨 ㄐㄧㄥˋ jìng

♪清潔。例：乾淨、潔淨、窗明几淨。

♪全部、全都。例：這裡頭淨是水。

污 ㄨ wū

♪髒，不清潔。例：污水。

♪不廉潔。例：貪官污吏。

♪毀謗，誣賴人家。例：污衊。

染 ㄖㄢˇ rǎn

♪用水調和顏色著在物體上，使成理想的顏色。例：染布。

♪沾到。例：傳染。

環 ㄏㄨㄢˊ huán

♪以玉石雕琢成中央有孔的圓形玉器。例：玉環。

♪稱圓圈形的東西。例：耳環、花環。

♪圍繞。例：環繞、環島。

吳剛伐桂

桂樹真頑皮，
吳剛舉起斧頭，
用力砍下去，
桂樹就是不倒地，
吳剛好生氣！

伐 ㄈㄚ fā

♪腳步。例：步伐。

♪砍。例：伐木。

樹 ㄕㄨˋ shù

♪木本植物的總稱。例：榕樹、植樹。

♪種植、栽培。例：十年樹木，百年樹人。

♪建立。例：樹立門戶。

頑 ㄨㄢˊ wán

♪固執的。例：頑皮。

♪愚蠢無知的。例：頑石。

舉 ㄐㄩˇ jǔ

♪行動。例：義舉。

♪把東西抬高。例：舉手。

♪選用。例：推舉。

用 ㄩㄥˋ yòng

♪要、需要。例：不用。

♪功效。例：作用。

第5篇

節令篇

新年

月光光，
照著爺娘擺鏡妝。
一碟銀黍角，
一抽麥芽糖，
一對紅燭交加點，
各樣騎龍擺兩邊，
阿姑阿嫂齊頭辮，
聽朝打扮做新年。
新年大吉慶，
年年日日新。

- 銀黍角：白粽子
- 交加：相並
- 騎龍：供品
- 聽朝：明日

擺 ㄅㄞˇ bǎi

♪放。例：擺在門口。

♪布置、安排。例：擺陣。

♪搖動。例：搖頭擺尾。

鏡 ㄐㄧㄥˋ jìng

♪用來反映物體形象的器具。例：鏡子、銅鏡、寶鏡。

♪利用光學原理製成可矯正視力或做光學實驗用的器具。例：眼鏡。

♪比喻可供參考或警惕的事情。例：借鏡。

妝 ㄓㄨㄤ zhuāng

♪打扮儀容。例：化妝。

♪修飾。例：妝點。

碟 ㄉㄧㄝˊ dié

♪盛食物的盤子。例：碟子。

過年 1

新年來了！糖糕祭灶，
姑娘要花，小子要炮，
老頭子要戴新呢帽，
老婆子要吃大花糕！

祭 ㄐㄧˋ jì

♪對神明、祖先表示恭敬或崇拜的禮節。例：祭拜。

灶 ㄗㄠˋ zào

♪煮食物的器具或地方。例：爐灶。

呢 ˙ㄋㄜ nē

呢 ㄋㄧˊ ní

˙ㄋㄜ

♪表示疑問的語氣用。例：怎麼辦呢？

♪表示加強、確定的語氣用。例：雨下著可大呢！

ㄋㄧˊ

♪形容燕子的叫聲。例：燕語呢喃。

帽 ㄇㄠˋ mào

♪戴在頭上用來遮擋陽光或雨水，也可以保護頭部的東西。例：安全帽。

♪套在物體上面的東西。例：筆帽。

對聯

過新年，貼對聯，
紅紙黑字寫豐年。
上一聯，下一聯，
多子多孫意纏綿。
東廂貼，西廂糊，
抬頭處處是多福。

豐 ㄈㄥ fēng

♪很多的東西。例：豐富。

♪大。例：豐功偉業。

纏 ㄔㄢˊ chán

♪圍繞。例：纏繞。

♪擾亂。例：糾纏。

♪對付、應付。例：這小子真難纏。

廂 ㄒㄧㄤ xiāng

♪正屋兩旁的房間。例：廂房。

♪戲院裡讓人看戲的小房間。例：包廂。

♪單方面。例：一廂情願。

福 ㄈㄨˊ fú

♪稱吉祥幸運的事。例：迎春納福、造福人群。

♪運氣、機會。例：大飽眼福。

♪幸運的。例：福星福將。

初一場

初一場，初二場，
初三老鼠娶新娘，
初四神落天，
初五開，初六挹肥，
初七七元，初八完全，
初九天公生，
初十有吃食，
十一請子婿，
十二查某子返來拜，

十三食暗糜配芥菜，
十四結燈棚，
十五上元暝，
十六相公生。

挹 ㄧˋ yì

♪用器具取水或酒。例：挹注。

糜 ㄇㄧˊ mí

♪稀飯。例：肉糜。

♪爛。例：香瓜泡水太久都糜爛了。

♪損失、消耗、浪費。例：糜費。

芥 ㄐㄧㄝˋ jiè

♪植物名。例：芥菜、芥末。

♪細小的、微賤的。例：草芥。

瞑 ㄇㄧㄥˊ míng

♪眼睛閉起來。例：瞑目。

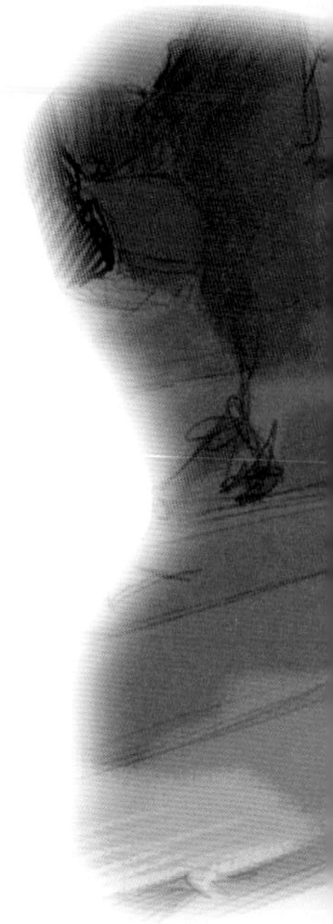

端陽

五月單五是端陽，
紀念屈原投羅江，
鎮魔鍾馗貼門上，
艾葉菖蒲掛門旁，
驅除妖邪走遠方，
江米小棗粽子香，
桑楂櫻桃端桌上，
大人須飲雄黃酒，
小娃額畫老虎王，

嚇得五毒忙躲藏，
快快樂樂過端陽。

單 ㄉㄢ dān

♪用來記錄的紙。例：名單。

♪一層布或衣服。例：床單。

♪孤獨。例：孤單。

馗 ㄎㄨㄟˊ kúi

♪四通八達的大道。

艾 ㄞˋ ài

♪植物名，有香氣，可食用。例：艾草。

菖 ㄔㄤ chāng

♪植物名，可供玩賞，根莖可供藥用。例：菖蒲。

妖 ㄧㄠ yāo

♪異於常物而會害人的東西。例：妖魔。

♪荒謬而能迷惑人的。例：妖言。

中秋

八月十五過中秋，
有人歡喜有人愁。
有人歡喜吃月餅，
有人歡喜吃芋頭。

中 ㄓㄨㄥ zhōng

♪距離四方或兩端相等的部位。例：居中、中央。

♪內、裡面。例：心中。

♪居於高低、大小、好壞之間的。例：中型、中等。

♪正好。例：適中。

歡 ㄏㄨㄢ huān

♪喜愛。例：喜歡。

♪喜樂。例：相見歡。

♪快樂的。例：歡呼。

芋 ㄩˋ yù

♪植物名，俗稱芋頭。例：青芋、野芋。

重陽

九月裡是重陽，
記得有月閏九月，
過個重陽又重陽，
老老少少喜洋洋。

重 ㄔㄨㄥˊ zhòng

重 ㄓㄨㄥˋ chóng

ㄔㄨㄥˊ

♪再、另。例：重來。

♪層層複疊的。例：重門。

ㄓㄨㄥˋ

♪人或物的重量。例：體重。

♪程度深，有濃厚、劇烈、嚴峻等意思。例：重傷。

♪尊崇。例：尊重。

陽 ㄧㄤˊ yáng

♪太陽。例：陽光。

♪人間的。例：陽間。

閏 ㄖㄨㄣˋ rùn

♪陰曆或陽曆上，每經過幾年所累積的時差。例：閏年。

過 ㄍㄨㄛˋ guò

♪經、歷。例：經過、過節、過生日。

♪超出、超越。例：過分、過期。

♪忍受、領受。例：難過。

臘月忙

臘月忙，臘月忙；
殺肥豬，吃血腸；
宰綿羊，下水湯；
積酸菜，滿大缸；
湯驢肉，處處香。

水 ㄕㄨㄟˇ shuǐ

♪一種無色無味的液體。例：熱水、白開水。

♪汁、液。例：墨水、藥水。

積 ㄐㄧ jī

♪儲蓄。例：積蓄。

♪堆聚。例：堆積。

♪漸漸聚集起來的。例：積雪。

♪長久的。例：積習。

滿 ㄇㄢˇ mǎn

♪全、遍、整個。例：滿面春風、滿城風雨、滿腹經綸。

♪充足、完備。例：圓滿。

♪很、十分。例：滿厲害。

驢 ㄌㄩˊ lyú

♪哺乳類的草食性動物。例：驢子、騎驢。

♪笨拙、土氣、愚蠢。例：瞧他那副驢樣子，真好笑！

正月初一

二十三，點灶燈；
二十四，掃房子；
二十五，磨豆腐；
二十六，去割肉；
二十七，殺灶雞；
二十八，去插花；
二十九，去沽酒；
三十，刷門。
正月初一，彎腰作揖。

沽 ㄍㄨ gū

沽 沽 沽

♪買。例：沽酒。

♪賣。例：待價而沽。

揖 ㄧ yī

揖 揖 揖

♪兩手相合行禮。例：作揖。

♪謙讓。例：揖讓。

辭年

辭年，辭年，
不是果泡就是錢，
不是紅棗就是桂圓，
今年不給等明年。

辭 ㄘˊ cí

♪告別。例：告辭。

♪不接受，推讓。例：推辭。

♪避。例：不辭辛苦。

♪解雇。例：辭職。

桂 ㄍㄨㄟˋ gùi

♪又名肉桂，藥用植物。

♪竹子的一種。例：桂竹。

♪姓氏。

過年 2

誰喜歡過年？
鞭炮喜歡過年，
劈哩啪啦！
小心你的臉。
誰喜歡過年？
我喜歡過年，
口袋裡都是壓歲錢。

年 ㄋㄧㄢˊ nián

♪地球繞太陽公轉一周的時間叫「一年」。

♪歲數。例：年歲。

♪所經歷的時期。例：童年。

哩 ㄌㄧˇ lǐ

哩 ㄌㄧ lī

哩 ˙ㄌㄧ li

ㄌㄧˇ ♪英制長度名。

ㄌㄧ ♪說話不清楚。例：哩嚕。

˙ㄌㄧ ♪語末助詞，同「呢」。

啪 ㄆㄚ pā

♪形容聲響。例：劈哩啪啦的響。

煙火

轟隆轟隆放花炮，
一朵一朵往上跑，
看誰跑得高？
轟隆轟隆，
全都不見了。

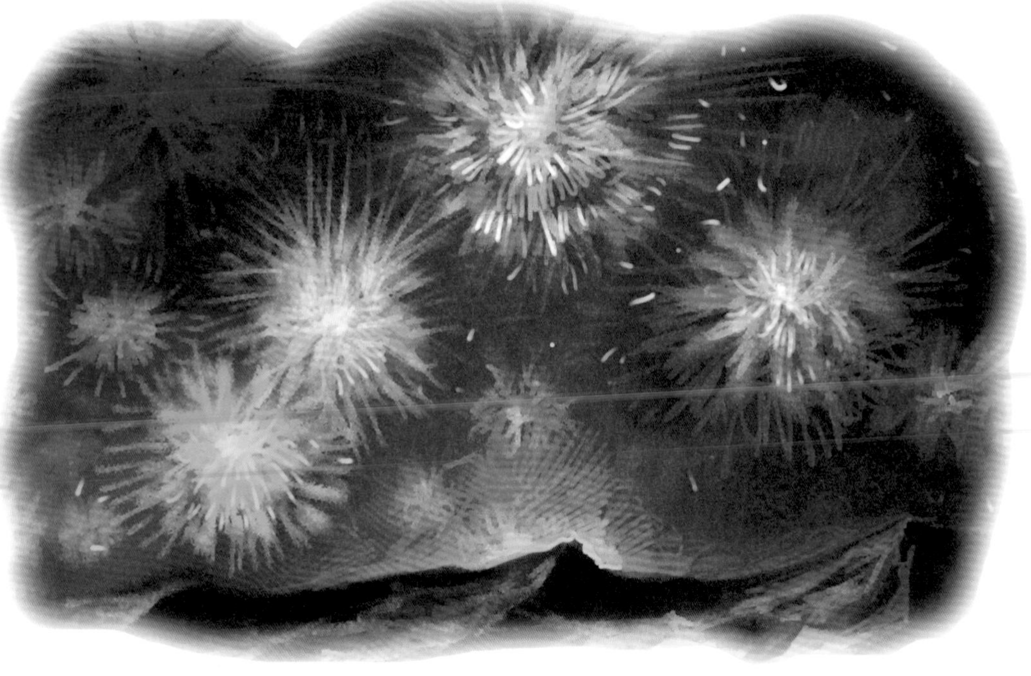

轟 ㄏㄨㄥ hōng

♪用炸彈或大砲破壞。例：轟炸。

♪驅趕。例：轟走。

♪形容聲勢盛大。例：轟轟烈烈。

隆 ㄌㄨㄥˊ lóng

♪高起。例：隆起。

♪多、盛大。例：隆重。

♪厚。例：隆情。

♪興旺。例：昌隆。

炮 ㄆㄠˋ pào　炮 ㄆㄠˊ páo

ㄆㄠˋ

♪一種發射鐵石彈丸或炮彈的重型兵器。例：大炮、火箭炮。

♪爆竹。例：鞭炮、炮竹。

ㄆㄠˊ

♪燒、烤。例：烹羊炮羔。

♪以火烘焙精煉藥材。例：如法炮製。

煙火凶巴巴

煙火凶巴巴，
衝到天空嘩啦啦。
煙火凶巴巴，
衝到天空開大花。
樂得大家笑哈哈。

凶 ㄒㄩㄥ xiōng

♪殺害別人。例：行凶。

♪不祥的。例：凶兆。

衝 ㄔㄨㄥ chōng　衝 ㄔㄨㄥˋ chòng

ㄔㄨㄥ

♪快速行走。例：向前衝。

♪直著向上頂。例：怒髮衝冠。

♪碰撞。例：衝撞。

ㄔㄨㄥˋ

♪向、對。例：衝著人笑。

♪濃烈、激烈。例：太衝。

天 ㄊㄧㄢ tiān

♪泛指日月星辰所在的廣大空間。例：天空、青天、天地。

♪一晝夜的時間。例：昨天、今天。

♪時節、季節。例：春天。

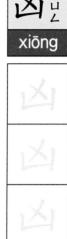

元宵節

元宵節，放天燈，
一個一個的天燈，
往上升。
元宵節，看天燈，
一個一個的天燈，
往上升、往上升。

宵 ㄒㄧㄠ xiāo

♪夜晚。例：今宵。

節 ㄐㄧㄝˊ jié

♪事情的經過情形。例：情節。

♪值得慶祝或紀念的日子。例：春節。

♪音樂的拍子，以示緩急程度。例：節奏、節拍。

燈 ㄉㄥ dēng

♪照明或做為他用的發光器具。例：日光燈、紅綠燈。

♪燃燒液體或氣體，用來對他物加熱的器具。例：酒精燈。

上 ㄕㄤˋ shàng

♪由低處到高處。例：上山、爬上去。

♪地位高。例：上級、上流社會。

♪表時間或次序在前。例：上一位、上個月。

讀兒歌學中文 1

2009年2月初版 定價：新臺幣260元

編著 聯經編輯部
漢語學習小組
發行人 林載爵

出版者 聯經出版事業股份有限公司
地址 台北市忠孝東路四段555號
編輯部地址 台北市忠孝東路四段561號4樓
叢書主編電話 (02)27634300轉5046、5053
總經銷 聯合發行股份有限公司
發行所：台北縣新店市寶橋路235巷6弄6號2樓
電話：(02)29178022
台北忠孝門市：台北市忠孝東路四段561號1樓
電話：(02)27683708
台北新生門市：台北市新生南路三段94號
電話：(02)23620308
台中分公司：台中市健行路321號
暨門市電話：(04)22371234ext.5
高雄辦事處：高雄市成功一路363號2樓
電話：(07)2211234ext.5
郵政劃撥帳戶第0100559-3號
郵撥電話：27683708
印刷者 文鴻彩色製版印刷有限公司

叢書主編 黃惠鈴
編輯 王盈婷
校對 楊金龍
內文排版 林琮諺
封面設計 陳巧玲
繪圖 孫家裕

行政院新聞局出版事業登記證局版臺業字第0130號

本書如有缺頁，破損，倒裝請寄回發行所更換。 ISBN 978-957-08-3379-9（第1冊：平裝）
聯經網址：www.linkingbooks.com.tw
電子信箱：linking@udngroup.com

國家圖書館出版品預行編目資料

讀兒歌學中文 1 /聯經編輯部編著 .
初版 . 臺北市：聯經；2009 年 2 月
（民 98）；168 面；18×18 公分
ISBN 978-957-08-3379-9（平裝）

1. 漢語 2.兒歌 3.讀本

802.83 98000931

聯經出版事業公司

信用卡訂購單

信　用　卡　號：□VISA CARD □MASTER CARD □聯合信用卡
訂 購 人 姓 名：______________________
訂　購　日　期:________年______月________日　(卡片後三碼)
信　用　卡　號：______ ______ ______ ______ ______
信 用 卡 簽 名：______________(與信用卡上簽名同)
信用卡有效期限：______年______月
聯　絡　電　話：日(O)：__________夜(H)：__________
聯　絡　地　址：□□□ ______________________

____

訂　購　金　額：新台幣 ______________________元整

（**訂購金額 500 元以下,請加付掛號郵資 50 元**）

資　訊　來　源：□網路　□報紙　□電台　□DM　□朋友介紹
□其他 ______________________
發　　　　　票：□二聯式　□三聯式
發　票　抬　頭：______________________
統　一　編　號：______________________
※ 如收件人或收件地址不同時，請填：
收 件 人 姓 名：______________________□先生　□小姐
收 件 人 地 址：______________________
收 件 人 電 話：日(O)__________夜(H)__________
※茲訂購下列書種,帳款由本人信用卡帳戶支付

書　　名	數量	單價	合　計
	總	計	

訂購辦法填妥後

1. 直接傳真 FAX(02)27493734
2. 寄台北市忠孝東路四段 561 號 1 樓
3. 本人親筆簽名並附上卡片後三碼(95 年 8 月 1 日正式實施)

電 話：(02)27683708

聯絡人:王淑蕙小姐(約需 7 個工作天)